AF310970

GEORGES RICHARD

PAOLA

POÈME

PARIS

LIBRAIRIE DES BIBLIOPHILES

338, Rue Saint-Honoré, 338

M DCCC LXXX

PAOLA

PAOLA

POÈME

PARIS

LIBRAIRIE DES BIBLIOPHILES

338, Rue Saint-Honoré, 338

M DCCC LXXX

Tous droits réservés.

A MON FRÈRE LÉON

AU LECTEUR

« Pendant les mois de juillet, d'août et de septembre 18..,
« divers incendies éclatèrent dans la commune d'A*** et
« y causèrent des dégâts importants...

« ... Clémence B., âgée de dix-sept ans, appartient à une
« famille honorable. Elle travaillait en journée comme
« couturière dans différentes maisons d'A'**, et partout,
« on avait remarqué son caractère sombre et ses habi-
« tudes dissimulées. Malgré l'active surveillance de ses
« parents, elle avait, depuis quelque temps, noué des re-
« lations intimes avec le jeune Albert R***, qui habitait
« un hameau voisin, et elle cherchait toutes les occasions
« de le rencontrer. Gênée par le soin que prenaient son
« père et sa mère de la ramener chaque soir, elle conçut
« la pensée criminelle d'allumer des incendies pour ra-
« mener son amant à A***. Il arrivait, en effet, pour por-
« ter des secours; dans le désordre causé par le progrès

« des flammes, elle parvenait à le rejoindre, et elle avoue
« en avoir profité pour se livrer à lui...

« ... Certain jour, vers deux heures de l'après-midi, le
« feu prenait encore au hameau...

« ...Cette fois, l'accusée put rejoindre son amant pen-
« dant que toute la population d'A*** essayait d'arrêter
« les progrès des flammes. Tous deux se cachèrent dans
« les petits bois qui bordent le vieux chemin de P***, et
« purent se rapprocher... ·

« ... Un autre jour, elle profita de l'absence des culti-
« vateurs chez qui elle travaillait, pour aller incendier un
« petit hangar à quelques mètres de là; le feu se com-
« muniqua immédiatement aux maisons voisines...
« L'accusée put rejoindre le jeune R***, pendant qu'on
« faisait la chaîne, lui donner un rendez-vous et s'unir à
« lui dans les champs... »

(Extrait de la GAZETTE DES TRIBUNAUX, numéro
des 17 et 18 novembre 1879.)

*Excusez-moi, cher lecteur, et vous surtout, ma belle
lectrice, de ce début prosaïque.* « *Eh quoi! allez-vous
dire, un morceau de poésie qui commence par une
citation prise dans un journal de procédure, de jurisprudence! Un poème sur papier timbré! Hé, mon Dieu,
qu'a donc à faire la chicane avec la poésie? Apollon
monté sur la mule de Georges Dandin et coiffé d'une
toque de magistrat, lui que l'on a coutume de voir pla-*

ner dans les nues sur son ardent Pégase, et le visage resplendissant sous ses longs cheveux d'or, quelle singulière anomalie!·»

Nous sommes parfaitement d'accord sur ce point : étrange début pour une pièce de vers. Mais, de grâce, n'allez pas juger le contenu de la boîte par l'étiquette placée sur le couvercle. Le bon vin, ami lecteur, s'échappe le plus souvent d'un affreux flacon bien noir, bien moisi, couvert d'une épaisse poussière ; et le diamant, chère lectrice, ne va-t-on pas le chercher dans ce vilain charbon dont le seul contact macule impitoyablement vos jolis doigts roses? Ce n'est pas que j'aie la prétention de vous offrir ni bon vin, ni diamant, ni même quelque chose d'approchant ; mais quoi que soit mon roman, bon ou mauvais, il n'y sera question ni de jurisprudence, ni de tribunaux, ni de procureurs.

Un simple scrupule de conscience m'a amené à mettre sous vos yeux le petit extrait que vous venez de lire: Paola me paraît être un caractère si étrange, je dirais presque si monstrueux, que l'on pourrait douter qu'il puisse réellement exister, si la GAZETTE DES TRIBUNAUX *ne nous en offrait un exemple vivant, et ne nous prouvait ainsi, d'une façon péremptoire, que*

cet être a existé, et qu'il est par conséquent vraisem-
blable.

Ceci dit, cher lecteur, et vous surtout, ma belle lectrice, ne gardez pas rancune à votre humble serviteur,
qui va s'efforcer de vous faire oublier cet importun
début.

Saint-Mandé, mai 1880.

PAOLA

NOCTURNE-INTRODUCTION

La nuit couvre la terre et tout dort au village ;
La hutte, le château, l'église, l'ermitage,
    Tout repose dans le vallon.
Partout, aux alentours, le sommeil règne en maître
A cette heure de paix, de calme et de bien-être ;
    Partout le silence est profond ;

Et sur les deux côtés de la route déserte,
Le village s'étend comme une masse inerte
    Abandonnée au gré du sort.
Pas un bruit, pas un souffle, aucun être qui vive ;
On se croirait jeté sur la sinistre rive
    Du noir domaine de la mort.

Seule la lune au ciel montre sa pâle face,
Et ses reflets brillants illuminent l'espace
      De mille rayons argentés.
Au milieu de ces feux, on voit la pointe sombre
Du clocher du hameau qui projette son ombre
      Sur la route et sur ses côtés.

Puis parfois un nuage éclairé par la lune
Sur le firmament bleu forme une tache brune
      Fuyant sous le souffle du vent;
Son ombre se reflète au milieu de la route;
Elle s'avance comme un spectre qu'on redoute,
      Ou comme un fantôme vivant.

Tout repose, tout dort, et la nuit calme et pure
A l'heure du sommeil veille sur la nature,
      Qu'elle couvre de son manteau.
Telle une jeune mère avec un doux sourire
Veillant sur son enfant, le contemple et l'admire,
      Debout auprès de son berceau.

PAOLA

Ce calme universel règne aussi sous le chaume.
Chacun dort au hameau; pas le moindre symptôme
De veille ou de travail; les fatigues des champs
Ont épuisé les corps en endormant les sens;

Plongé dans le sommeil jusqu'à l'aube prochaine,
Chacun va retrouver une vigueur soudaine ;
Et dans le sanctuaire, auprès du saint autel,
Sous les arceaux sacrés où règne l'Éternel,
Tout dort en paix, hormis la modeste veilleuse
Qui seule éclaire encor la demeure pieuse.
Partout paix et sommeil...

                   Si pourtant un passant
Traversait le hameau, doué d'un œil perçant
Qui pourrait pénétrer à travers les murailles
Et sonder tout le bourg jusque dans ses entrailles,
Il serait bien surpris de ce qu'il verrait là,
En lisant dans le cœur de la belle Paola [1].

Dans une rue étroite, à cent pas de l'église,
Se trouve une chaumière à la façade grise,
Sous sa coiffe de chaume, avec son frais jardin,
Elle est en tout semblable à celle du voisin ;
On croirait, à la voir, la demeure rustique
D'un simple paysan à l'humeur pacifique,
Passant sa vie obscure à l'ombre du clocher
Et n'ayant de souci que son champ à bêcher.
Dans la chambre, au premier, la fenêtre entr'ouverte
Laisse pénétrer l'air dans la pièce déserte.

1. Paola, mis pour Paula, compte pour deux pieds seulement dans la prosodie.

Tout d'abord, au dedans on n'entend aucun bruit,
Et l'œil inquisiteur n'y trouve que la nuit.
Mais, au bout d'un instant, l'oreille croit entendre
Un murmure léger, comme un soupir bien tendre;
Puis un rayon de lune arrivant du dehors
Et pénétrant au fond laisse voir des trésors:
Sur la blancheur du lit une forme indécise
Se détache dans l'ombre; elle semble surprise
Du silence profond qui règne dans les airs;
Son grand œil noir s'allume et lance des éclairs:
C'est Paola !

      Dix-huit ans, brune, la taille fine,
Mignonne, mais ardente; elle était orpheline
Dès ses plus jeunes ans. Elle est née au château,
Mais, par un jeu du sort, elle vint au hameau
A peine mise au jour, d'une façon tragique,
Si l'on en croit du moins ce que dit la chronique.

LA NAISSANCE DE PAOLA

(BALLADE)

« Sus la roche efcarpée
Qui fiérement domine la vallée,
On voit furgir le fuperbe manoir
Comme ung grand fpeêtre noir;

« Son umbre fe projette
Aux alentours; une terrour fecrète
Saifit quifcunque ose lever les yeux
        Vers fes créneaulx poudreux.

« Car ce donjon finiſtre
Sert de logis au terrible miniſtre
Des voluntez du tyrant odieux
        Qui commande en ces lieux.

« Et ces tours redoutables
Renferment fous leurs verrous implacables
Des mal'heureux fans efpoir, fans fecours,
        Prifonniers pour toufjours !

« La fille infortunée
Du chaſtelain feut ung jour entroifnée
Au crime par ung amour exceffif
        Pour ung paovre captif.

« Une corde legiére
A leurs amours fervict de meffagiére ;
Puis ung barreaul de la fumbre prifon
        Tomba par trahifon.

« Une nuict de délices
Dédommagea de fes mille fupplices
Le prifonnier, oyanct le paradis
        En fon trifte logis.

« *Mais la belle feut mère.*
Paovre captif, ton bon'heur éphémère
Ne devoit pas fe prolonger long'temps
Sans moult remords cuifants!

« *Dés qu'on cogneut la chofe,*
Le chaftelain, fans expliquer la caufe,
Entra foubdain dans ung courroux affreux
Contre nos amoureux;

On mura les coulpables
Dans des caveauls au jour impénétrables,
Et le trépas faifit les deux amants,
Enfevelis vivants.

« *Adoncques la nuiﬂ fumbre*
Enveloppa la terre de fon umbre,
Ung cavalier couvert d'ung long manteaul
S'échappa du chafteaul.

« *Il vint prés du villaige;*
Puis, f'arreftant non loing de l'ermitaige,
Il dépofa par terre ung gros objeﬂ
Et reprit fon trajeﬂ.

« *Le matin dés l'aurore,*
Quand le foleil ne brilloit poinﬂ encore,
On découvrit ung enfant nouveau-né
Sur l'herbe abandonné.

« La fillette charmante
Bientoſt grandiƈ, mignonne & ſouriante:
Depuis, au bourg, ung chaſcun contempla
L'adorable Paola. »

LA NATURE PARLE

Paola, d'ailleurs, avait paru jusqu'à ce jour
Vivre heureuse à l'abri des soucis de l'amour.
Elle avait vu s'enfuir les jours de son enfance;
Son âme débordait de joie et d'espérance
Et s'épanouissait avec ses dix-huit ans,
Comme une pâquerette au souffle du printemps.
Et parfois, cependant, elle errait inquiète
A travers les taillis; une ride indiscrète
Traversait son front pur, puis soudain ses grands yeux
Semblaient en suppliant interroger les cieux.
Elle sentait son cœur battre avec violence;
Et, recherchant alors le calme et le silence,
Son esprit se perdait dans des rêves sans fin,
Qui le soir l'absorbaient presque jusqu'au matin.
La nature, les fleurs, lui tenaient un langage
Qui lui semblait divin; seule sous le feuillage,

3

Écoutant des oiseaux le concert ravissant,
Elle aimait à songer. Souvent en frémissant
Ses doigts roses cueillaient une humble marguerite
Et ses lèvres baisaient cette fleur favorite ;
Puis, sans s'en rendre compte et sans autre dessein,
Elle rougissait, en la cachant dans son sein.
A peine dans son lit, le soir, dans sa chambrette,
Elle voulait dormir : tout à coup la fauvette
Venait sur sa fenêtre, et là lui racontait
Quelque conte charmant qui toujours l'enchantait.

C'est pourquoi le passant errant dans le village,
Voyant régner la paix dans tout le voisinage,
Aurait été surpris du visage inquiet
De la belle Paola soupirant en secret.

LA DANSE

Allons, ménestrels,
Prenez vos musettes
Et qu'à vos appels
Viennent les fillettes.

Debout, villageois ;
Le son des violes
Vous met aux abois ;
Aux danses frivoles
Mêlez-vous joyeux ;
Que partout la fête
Fasse des heureux,
Que rien ne l'arrête.

Tous les ans, à ce même jour,
On fête, on chante le retour
Du printemps, des fleurs et des roses
Alors encore à peine écloses.
Toutes les filles du hameau
Accourent danser sous l'ormeau
Avec les garçons du village
Qui les attendent sous l'ombrage.
C'est un moment de vrai bonheur
Qui de chacun remplit le cœur
D'amour, de joie et d'allégresse ;
Le printemps rit à la jeunesse.

Sur le grand chemin
La foule s'avance
Et le tambourin
Résonne en cadence ;
Partout acclamés,

Toute la soirée
Les couples formés
Dansent la bourrée,
Et pendant ce temps
Blondes et brunettes
Fêtent le printemps
Au son des musettes.

Au milieu des groupes joyeux
Dont les chants montaient jusqu'aux cieux,
Paola seule errait en silence
Et sans se mêler à la danse,
Quand Jehan apparut soudain
Et pour le quadrille prochain,
Malgré sa mine soucieuse,
Invita la belle songeuse.
Le regardant naïvement,
Paola, pleine d'étonnement,
Fut quelques instants hésitante,
Puis... lui tendit sa main tremblante.

Et bientôt la nuit
A finir s'apprête;
Plus l'heure s'enfuit,
Plus vive est la fête.
On voit un moment
Paola qui s'enlace

Aux bras du charmant
Jehan qui l'embrasse.
Joyeux tambourin,
Résonne en cadence
Et jusqu'au matin
Fais durer la danse.

JEHAN

Jehan, le beau Jehan, le fils du vieux marin,
Habite avec sa mère au village voisin.
Il avait fait serment au chevet de son père,
Alors que celui-ci de son heure dernière
Pressentait la venue et songeait à la mort,
De ne jamais quitter, quoi que fasse le sort
Pour l'attirer au loin, la chaumière natale
Où l'allait retenir sa bonté filiale,
Près de sa vieille mère, à qui rien ne restait
En dehors de l'amour que son fils lui portait.
« Épargne-lui, mon fils, les chagrins et les peines, »
Avait dit le marin, et des larmes soudaines
Sillonnaient le visage encore noble et fier

Et plein de majesté de ce vieux loup de mer.
Fidèle à son devoir, Jehan près de sa mère,
Sans s'occuper d'autrui, passait sa vie austère;
Son esprit, absorbé par l'amour filial,
N'avait d'autre souci; son cœur, bon et loyal,
Vivait et se plaisait, sans arrière-pensée,
Dans cette affection toujours plus empressée.
Il aurait vu ses jours s'écouler sans effort,
Sans un événement qui, triste tout d'abord,
Vint bientôt dans son cœur soulever la tempête
Et jeter le désordre et le trouble en sa tête.

Certain jour (on était dans la belle saison),
Il labourait un champ auprès de sa maison;
Assise sur un banc, la bonne vieille, émue,
Contemplait son Jehan, et sa lèvre tendue
Esquissait un sourire en le suivant des yeux;
Jehan, la regardant, travaillait tout joyeux.
Le temps était très chaud, et l'atmosphère ardente
Semblait tout embraser sur la terre brûlante.
Jehan continuait, soufflant péniblement,
Quand soudain il s'affaisse et tombe lourdement,
Vaincu par la chaleur; aussitôt son visage
Se contracte et rougit, puis le sang se dégage
Et coule jusqu'à terre, et Jehan, pantelant,
Ne semble bientôt plus qu'un cadavre sanglant.
Sa mère, à ce tableau, pousse un cri de détresse

Et s'élance affolée, ainsi qu'une tigresse
Dont l'imprudent chasseur ravirait les petits.
Mais elle comptait sans ses membres affaiblis :
Elle ne put subir l'émotion trop forte,
Et tout près de Jehan vint tomber comme morte. .
Or son cri de détresse avait mis aux abois
Les échos de la plaine, et les nymphes des bois,
Tremblantes de frayeur, montraient leurs têtes roses
A travers les taillis, cherchant au loin les causes
Qui venaient de troubler leur paisible séjour ;
Leurs regards inquiets, errant tout alentour,
Apercevaient bientôt étendus sur la terre
Les corps inanimés du fils et de la mère,
Et, pleines de terreur à ce spectacle affreux,
Les nymphes s'enfuyaient sous les bois ténébreux.
Cependant une forme au milieu de la plaine
Venait de s'arrêter et semblait incertaine ;
Elle faisait un pas, puis reculait ; ses yeux
Parcouraient en tout sens les champs silencieux
Et se tournaient toujours vers le groupe immobile.
Enfin elle s'avance et vient d'un pas agile
Près de ces corps sans vie... Ils respirent pourtant,
Et Paola leur prodigue avec un soin constant,
Pendant trois jours entiers, un secours salutaire,
Puis regagne au hameau son foyer solitaire.

Jehan en peu de temps est guéri de son mal ;

Seule la pauvre vieille à ce trouble fatal
N'a pas pu résister, et la paralysie
Tourmente maintenant sa malheureuse vie.
Contrainte de rester tout le jour au logis,
Elle a pour compagnon, à sa garde commis,
Son Jehan bien-aimé qui la veille avec zèle,
Et passe sans sortir tout son temps auprès d'elle.

PRÉLUDES D'AMOUR

Quand le noir Aquilon, terrible, menaçant
Et chargé de frimas, s'élance en rugissant
Des banquises du pôle, et des confins du Monde
Précipite sur nous sa course vagabonde;
Quand la lave bouillante, élevant dans les airs
Ses gerbes de fumée au milieu des éclairs,
En torrents embrasés retombe sur la terre
Et sème l'incendie autour de son cratère,
La Nature frémit : l'Aquilon courroucé
La voit qui se blottit sous son manteau glacé,
Et, devant le torrent de lave incandescente,
Elle tremble et s'enfuit, à la lutte impuissante.
Ainsi fait l'âme humaine en proie aux passions;

Tel le cœur est vaincu par les séductions
Dont le flot, plus rapide et plus irrésistible,
Entraîne et détruit tout dans sa course invincible.

Petite violette, à l'ombre des grands bois,
Toi qui vis sans éclat, sans orgueil, et qui croîs
Au milieu du parterre où Dieu te fit éclore,
Près des sylvains joyeux, dans le palais de Flore,
Toi, dont le doux parfum, sur l'aile des autans
Parsemé sous l'ombrage, annonce le printemps,
Prends bien garde à la ronce errant à l'aventure
Et profanant parfois ton écrin de verdure.
Alerte! cœur humain, et garde-toi surtout
D'abandonner la loi de Celui qui voit tout;
La passion te presse; elle attend, et te guette,
Comme la ronce étreint la frêle violette...

En rentrant sous son toit, après trois jours passés
Là-bas à prodiguer des secours empressés
A Jehan et sa mère, un sentiment pénible
Assaillit de Paola le cœur pur et sensible.
Pour la première fois elle trouvait désert
Son foyer trop tranquille, et son jardinet vert
Lui semblait monotone : elle était isolée;
Elle sentait gémir son âme désolée.
Or que manquait-il donc à son bonheur troublé?
Hier encor, pourtant, dans son ciel étoilé

Ne se montrait aux yeux le plus petit nuage;
Rien n'altérait l'éclat de son riant visage.
Soudain tout a changé : plus de ris, plus de chants:
Cette folle gaîté si chère aux jeunes ans
A fait place aux soucis, aux tristes rêveries.
Ainsi les vents du nord désolent les prairies.
C'est que pendant trois jours Paola sentit un cœur
Battre à côté du sien; le douloureux malheur
Qui survint à Jehan mit sans nulle contrainte
Leurs cœurs à découvert sous une même étreinte.
Il s'établit entre eux une communion
De sentiments, issus de la réunion
Sous un logis commun de deux âmes ardentes,
Encor vierges, d'ailleurs, mais jeunes et vivantes.
Revoir Jehan devint pour Paola désormais
Un désir obstiné ne la quittant jamais.
Dès lors, plus de repos, plus de calme pour elle;
Aux attraits du foyer son cœur devint rebelle;
Y pensant tout le jour, elle en rêve la nuit :
A peine elle s'endort que le sommeil s'enfuit
En la laissant en proie aux visions qu'enfante
Son cerveau, possédé d'une fièvre brûlante.
Que disent maintenant à son esprit rêveur
Les oiseaux trop bavards, ou bien la pâle fleur?
Que peuvent les parfums et les froides caresses
De la brise du soir pour chasser ses tristesses?
Rien : la vie est en elle; elle n'a plus besoin

D'invoquer la nature et la prendre à témoin
Pour réveiller son âme endormie et timide ;
Elle veille aujourd'hui, provocante et valide.
Ainsi le jeune aiglon se pose tout tremblant
Sur le bord de son aire, et d'un œil indolent
Poursuit dans le lointain la trace d'une proie,
Puis s'endort, satisfait de cette fausse joie.
Un beau jour, cependant, rêvant la liberté,
Il s'élance dans l'air et plane avec fierté ;
A lui l'immensité, les plaines de l'espace !
Aucun endroit du ciel n'échappe à son audace.

Mais Paola, par malheur, ne pouvait pas jouir
Du bonheur inquiet qui venait l'éblouir.
Le village voisin où Jehan demeurait
Se trouvait loin du bourg où Paola soupirait.
De sorte que Jehan, tenu près de sa mère,
Au désir de Paola ne pouvait satisfaire ;
Et pourtant, par instants, le souvenir charmant
De celle qui l'avait soigné si tendrement
Lui traversait l'esprit ; il la voyait encore
Épiant son réveil, le matin, à l'aurore,
Debout auprès de lui, devinant dans ses yeux
Que le pauvre malade allait de mieux en mieux.
Puis, allant doucement vers le lit de sa mère
Lui prêter le secours de son doux ministère ;
Et ce n'était pas sans un serrement du cœur

Que, malgré lui, souvent il songeait au bonheur
En rêvant à Paola ; mais alors sa pensée
Vers sa mère aussitôt revenait empressée.
Ainsi passa l'hiver, bien morne pour Jehan,
Bien triste pour Paola.

                Déjà le nouvel an
Revêtait ses habits de printemps et de fête ;
Avril apparaissait et des fleurs sur sa tête.
Au mois d'avril, ô joie ! au village, au hameau,
On fête le printemps, on danse sous l'ormeau ;
Le soir, à la bourrée, au son de la musette,
Chaque jeune garçon entraîne une fillette,
Et la danse s'anime et dure jusqu'au jour.
A l'heure du départ, chacun avec amour
S'écrie ! « A l'an prochain ! » et l'an prochain arrive,
Reçu toujours avec une joie excessive.

Jehan, qui l'an dernier avait ouvert le bal
A la fête d'avril, et donné le signal
De la danse et des chants, était plein de tristesse,
Car sans lui, cette année, on serait en liesse.
Mais, pourtant, quand sa mère en repos dormirait,
De venir au hameau qui donc l'empêcherait ?
Certes, aucun danger ne la pourrait atteindre ;
Seule, bien endormie, aucun péril à craindre.
Puis.... il verrait Paola....

Nous avons vu comment
Il trouva son amie, et par enchantement
En bonheur tout à coup il changea sa tristesse.
Cette nuit pour tous deux fut une nuit d'ivresse,
Nuit charmante pour eux : les paroles d'amour
Et les tendres regards s'échangeaient tour à tour,
Et l'heure du départ vint d'une voix dolente
Mettre un terme trop tôt à leur joie innocente.

AMOUR ET INCENDIE

Quand Paola fut rentrée et seule en son logis,
Elle tourna d'abord ses regards indécis
Vers la fenêtre ouverte, et, les plongeant dans l'ombre,
Elle cherchait à voir à travers la nuit sombre :
On entendait encor les chants des villageois
Regagnant leurs foyers, et les joyeuses voix,
Les rires argentins de toutes ses compagnes,
Par groupes séloignant au milieu des campagnes:
Les échos répétaient ces accents de gaîté,
Se perdant dans la nuit et dans l'obscurité;
Bientôt le bruit au loin devenait moins intense,
Puis insensiblement faisait place au silence.
Quand le dernier écho des chansons et des ris

Eut exalé dans l'air ses soupirs attendris,
Et que Paola, tremblante et la face blême,
Se vit seule devant la nature endormie,
Elle éleva soudain vers le ciel azuré
Ses yeux clairs et brillant d'un regard inspiré.
L'image de Jehan était toujours présente
Et tenait sous le joug son âme palpitante.
Elle resta longtemps ainsi, sans mouvement,
Accoudée, et les yeux fixés au firmament;
La lune, l'entourant de sa lueur mystique,
Lui donnait les contours d'une statue antique.
Tout se taisait. La Nuit sur son char étoilé
Traversait lentement l'horizon constellé,
Jetant sur la nature immobile et muette
Ses parfums, sa fraîcheur et son ombre discrète.
Déjà la blonde Aurore aux baisers du soleil
Offrait en souriant son front pur et vermeil,
Et l'on voyait pâlir sous l'aube renaissante
Des mille feux du ciel la clarté décroissante,
Quand tout à coup Paola, d'un brusque mouvement,
S'arracha du balcon et fut en un moment
Debout, les yeux hagards, comme sortant d'un rêve;
Puis, lançant au hasard cette parole brève :
« Je n'ai d'autre moyen pour le revoir bientôt! »
Elle se met au lit et s'endort aussitôt.

O passions, amour ! quel démon malfaisant

De vous au genre humain fit l'odieux présent?
Qui donc vous a conçus? Qui vous a mis aux monde,
Qui créa votre race en crimes si féconde?
Qu'avez-vous fait, maudits rejetons de Satan,
En soufflant à Paola son amour pour Jehan?
Ce que vous avez fait, le voici : cette femme
A pour sa passion sacrifié son âme;
Elle va mériter tous les feux de l'enfer.
La victoire te reste, Esprit du mal; sois fier :
Cette humble jeune fille a formé dans sa tête
Un dessein montrueux auquel elle s'apprête :
Dans cette heure d'angoisse, elle a naïvement
Conçu ses noirs projets pour revoir son amant.
Sois content maitenant; contemple ton ouvrage :
Elle met à son crime un horrible courage.

Un mois s'était passé; la fête du printemps,
Les chants d'avril, le bal et ses plaisirs récents
Ne laissaient à chacun de ce beau jour de gloire
Qu'un riant souvenir joyeux à la mémoire;
Aux travaux de la terre on donnait tous ses soins :
On attachait la vigne, on surveillait les foins;
Les blés montraient déjà leurs gerbes ondoyantes,
Et le soleil dorait les plaines verdoyantes.
Jehan près de sa mère avec empressement
Avait repris sa place et son beau dévouement;

Pour le revoir, Paola, criminelle, implacable,
Allait exécuter son projet exécrable.

Le soleil tout le jour avait jeté ses feux
Et dardé sur les champs ses rayons radieux ;
Le soir calmait déjà l'atmosphère embrasée
Et la nuit commençait sur la terre épuisée.
Déjà les villageois, après quelques propos,
Se quittaient en songeant à prendre du repos,
Quand un sinistre cri vient déchirer l'espace :
« Au feu ! » Terrible écho qui pénètre et vous glace.
« Au feu ! » Lugubre appel, effroyable clameur
Qui traverse le bourg. Une rouge lueur
Colore l'horizon et monte jusqu'aux nues,
Jetant de tous côtés ses clartés continues ;
Elle s'accroît toujours et va s'élargissant :
Telle on voit sur le front d'un blessé gémissant
Une tache de sang sortant de la blessure
Et qui s'étend bientôt sur toute la figure.
Et chacun d'accourir, de voler au secours
En répandant l'alarme, et donner son concours
Pour vaincre le fléau ; déjà tout le village
Est debout et chacun travaille avec courage.
La chaîne est établie ; on met la pompe en jeu
Et, sans perdre un moment, on attaque le feu.
Mais l'immense lueur qui brille dans l'espace
Et du ciel tout entier éclaire la surface

Est aperçue au loin, puis la voix du tocsin
Invoque le secours de chaque bourg voisin ;
A chaque instant arrive une troupe nouvelle
De villageois offrant leur concours et leur zèle.
Le village est désert : vieillards, femmes, enfants,
Tous ont prêté l'appui de leurs efforts vaillants,
Et, selon ses moyens, chacun d'eux s'associe
Au dévouement commun pour vaincre l'incendie.

Pourtant, dans la partie opposée au fléau,
Loin de l'ardent foyer, tout au bout du hameau
Et sur la grande route, on pourrait voir dans l'ombre
Une forme glisser comme un fantôme sombre ;
Elle marche au hasard derrière les ormeaux,
S'arrêtant brusquement quand des groupes nouveaux
Venus des environs, de tout rang, de tout âge,
Accourent pêle-mêle au secours du village.
Ce fantôme inquiet, c'est Paola, l'œil en feu,
Les cheveux en désordre : elle est seule en ce lieu
Et paraît ignorer le désastre effroyable
Qui frappe le hameau d'un mal irréparable.
Elle attend, elle épie avec attention
Chacun des arrivants ; pleine d'émotion
Et dans l'ombre cachée, anxieuse, muette,
Du fond de sa retraite elle observe, elle guette,
Tandis que l'incendie avec la même ardeur
Étend de plus en plus son foyer destructeur,

Et que l'avide flamme, encor plus violente,
Semble embraser le ciel sous sa langue brulante.
Soudain Paola tressaille : elle vient d'entrevoir
Un groupe qui courait accomplir son devoir,
Puis un jeune homme seul qui suivait à distance
Vers le lieu du sinistre. Alerte, elle s'élance
Et se jette à son bras : cet homme, c'est Jehan.
Paola qui l'attendait, l'entraîne en son élan
Sous l'ombre des ormeaux, sur les bords de la route,
Et là, le regardant avec amour : « Écoute,
Lui dit-elle : vois-tu cette flamme, ces feux,
Qui dévorent le bourg et montent jusqu'aux cieux!
Moi seule en suis l'auteur : moi seule en ce village,
Pour te revoir, Jehan, eus le cruel courage
D'allumer l'incendie: à ces tristes lueurs,
J'ai pensé que chacun, pour vaincre les horreurs
Du fléau destructeur, accourrait à la ronde,
Et, tu vois, j'eus raison. Jehan, la flamme gronde,
Profitons-en; mon cœur est soumis à ta loi:
Sois mon maître, Jehan, je t'aime et suis à toi! »
La tigresse à ces mots sous l'épaisse feuillée
Entraîne son amant; soudain agenouillée
Devant lui, palpitante, elle approche en tremblant
Sa bouche de la sienne, et sur son sein brûlant
L'étreint avec ardeur; puis sous la voûte obscure
Le groupe roule à terre et rit à la nature....
Venez, faunes, sylvains, montrez vos fronts railleurs

Dans l'ombre de la nuit; que vos propos moqueurs
Se donnent le champ libre; et vous, nymphes pudiques,
Regagnez prudemment vos demeures mystiques.

Si son âme s'était déjà précédemment
Éveillée à la vie, aux bras de son amant
Paola sentait son corps qui s'éveillait de même,
Sentiment inconnu de jouissance extrême.
Elle ignorait la vie avant ce jour divin,
Car son âme souffrait et soupirait en vain
Sans réussir jamais à calmer les alarmes
Qui seules trop souvent faisaient couler ses larmes.
Aujourd'hui, juste ciel! quel sentiment nouveau
Vient féconder son cœur et troubler son cerveau!
« Ah!... Jehan..., cher amant, sous ton feu qui m'embrase
Je me sens tressaillir et je tombe en extase! »
Et ses lèvres dardaient mille baisers lascifs
Sur celles de Jehan; des spasmes convulsifs
Après chaque baiser agitaient tout son être;
Ses nerfs se raidissaient, puis un effort soudain
Lui causait un accès de plaisir surhumain,
Et, s'affaissant alors éperdue, haletante,
Ivre de jouissance et d'amour palpitante,
Elle se reposait sur le sein de Jehan,
Qui lui-même, excité par un semblable élan,
Savourait les douceurs de ce flot de délices
Dont Paola lui donnait les suaves prémices.

Ici, l'amour unit les deux jeunes amants
Et l'ombre retentit de leurs embrassements ;
La nature sourit, et sa voix langoureuse
Répond sous la feuillée à leur fièvre amoureuse.
Plus loin, c'est l'incendie immense et rugissant
Qui dévore en grondant le village impuissant.
Ici, l'amour ; là-bas, la terreur, l'épouvante,
Le feu qui lance en l'air sa gerbe flamboyante.
Sous les ombrages verts, les caresses du cœur
Et les tendres soupirs ; là-bas, les cris d'horreur,
Le fléau redoublant son horrible ravage
Et consumant toujours le malheureux village ;
Et, tandis que la flamme élève jusqu'au ciel
Sa crête incandescente, on court au saint autel,
Dans la modeste église, et d'ardentes prières
S'efforcent d'apaiser les divines colères.

EXPIATION

Pendant que l'incendie augmente de vigueur,
Que la flamme pétille avec la même ardeur,
Et pendant que Paola, profitant de son crime,
Entraîne son amant dans le fond de l'abîme,
Des nuages chargés de tonnerre et d'éclairs
S'amoncellent au ciel et parcourent les airs ;

Des roulements lointains au bruit de l'incendie
Mêlent à tout instant leur sombre mélodie.
Bientôt le feu du ciel ajoute ses reflets
A ceux de l'incendie, et du haut des sommets,
Lançant de tous côtés ses lueurs continues,
La foudre avec fracas s'élance dans les nues.
La tempête s'accroît, lorsqu'une trombe d'eau
En torrents furieux s'abat sur le hameau :
C'est Dieu qui prend pitié de ce pauvre village
Et du fléau fatal arrête le ravage.
Mais l'orage bientôt s'engouffre sous les bois,
La pluie et le tonnerre éclatent à la fois,
Et, se précipitant sur les chênes antiques,
La foudre se déchaîne en efforts diaboliques.
Tremblante, à bout de force, auprès de son amant
Paola s'était blottie au premier grondement ;
La lueur des éclairs, les clameurs de l'orage,
Augmentaient sa frayeur et brisaient son courage.
Jehan la soutenait, cherchant à l'abriter,
Et l'orage toujours paraissait augmenter,
Quand soudain un ormeau frappé par le tonnerre
Se brise avec fracas et roule jusqu'à terre.
Or Jehan et Paola, qui se sont séparés
Pour éviter le choc, se trouvent égarés.
Paola, se voyant seule, effrayée, éperdue,
Crie, appelle Jehan, mais sans être entendue.
Au milieu du vacarme et dans l'obscurité,

Jehan lui-même cherche en vain de son côté :
Rien, que les éléments déchaînant leur furie
Et troublant sans merci la nature ahurie.
Pendant quelques instants, Paola court au hasard
Devant elle ; mais rien ne s'offre à son regard
Que les troncs abattus des arbres séculaires
Et leurs mille débris perdus dans les fougères.
Hors d'haleine, épuisée, elle s'arrête enfin,
Et, tombant à genoux, vers le Maître divin
Elle élève son âme ; une ardente prière
S'exhale de son cœur coupable, mais sincère,
Et, pensant à Jehan, dans son égarement :
« Grâce ! mon Dieu ; je vis d'aujourd'hui seulement ;
Hier encor j'ignorais ce que c'est que la vie :
Je connais maintenant ces transports que j'envie,
Laissez-les-moi goûter, et sauvez mon Jehan ! »
Mais à ces mots, soudain redouble l'ouragan.
« Pas de grâce ! » lui crie une voix dans l'orage.
Un éclair à l'instant vient frapper son visage ;
La forêt resplendit d'une étrange lueur,
Et de soufre dans l'air passe une vague odeur :
A ce moment, Paola se relève effrayée,
Elle fait quelques pas..... et tombe foudroyée.

TABLE

A PARIS

DES PRESSES DE D. JOUAUST

Imprimeur breveté

Rue Saint-Honoré, 338

9 782019 683757